Vente du Jeudi 12 Mars 1874

SALLE N° 8.

BEAUX DESSINS

ET

AQUARELLES

DE L'ÉCOLE MODERNE

EXPOSITIONS :

PARTICULIÈRE	PUBLIQUE
Le Mardi 10 Mars 1874.	*Le Mercredi 11 Mars 1874.*

COMMISSAIRE-PRISEUR	EXPERT
Me CHARLES PILLET	M. FÉRAL, PEINTRE
10, rue de la Grange-Batelière.	23, rue de Buffault.

PARIS — 1874

CATALOGUE

DE

DESSINS ET AQUARELLES

DE L'ÉCOLE MODERNE

PARMI LESQUELS ON REMARQUE

VINGT DEUX DESSINS DE J. F. MILLET

QUATORZE DESSINS DE CHARLES JACQUES

Douze Aquarelles de BARYE

ET AUTRES PAR :

Bonington, Bonvin, Corot, Decamps, Eugène Delacroix, Paul Delaroche, Diaz, Jules Dupré, Edouard Frère, Gavarni, E. Isabey, Jeanron, Roqueplan, Th. Rousseau, Troyon, Ziem.

DONT LA VENTE AURA LIEU

HOTEL DROUOT, SALLE N° 8,

Le Jeudi 12 Mars 1874,

A [illegible] HEURES.

Par le ministère de Me CHARLES PILLET, commissaire-priseur, rue de la Grange-Batelière, 10,

Assisté de M. FÉRAL, Peintre-Expert, 23, rue de Ballault,

Chez lesquels se trouve le présent Catalogue

EXPOSITIONS { PARTICULIÈRE : Le Mardi 10 Mars 1874. PUBLIQUE : Le Mercredi 11 Mars 1874.

DE UNE HEURE A CINQ HEURES.

CONDITIONS DE LA VENTE

Elle sera faite expressément au comptant.

Les acquéreurs payeront *cinq pour cent* en sus du prix d'adjudication.

Paris. Typ. Pillet fils aîné 5, rue des Grands-Augustins.

DÉSIGNATION

BARYE

1 — Rhinocéros dans des rochers.

Aquarelle signée.

Haut., 12 cent.; larg., 19 cent.

BARYE

2 — Cerf et Biche dans un paysage.

Aquarelle signée.

Haut., 8 cent.; larg., 18 cent.

BARYE

3 — Eléphant vu de face.

Aquarelle signée.

Haut. 12 cent.; larg., 15 cent.

BARYE

4 — **Biche couchée sous bois.**

Aquarelle signée.

Haut., 15 cent.; larg., 17 cent.

BARYE

5 — **Grues couronnées de Barbarie.**

Aquarelle signée.

Haut., 12 cent.; larg., 22 cent.

BARYE

6 — **Hibou perché sur un arbre.**

Aquarelle.

Haut., 13 cent.; larg.   cent.

BARYE

7 — **Un daim de Virginie.**

Aquarelle.

Haut., 20 cent.; larg., 10 cent.

BARYE

8 — **Deux Hérons?**

Aquarelle.

Haut., 12 cent.; larg., 23 cent.

BARYE

9 — **Un Chamois dans des rochers.**

Aquarelle signée.

Haut., 8 cent.; larg., 14 cent.

BARYE

10 — **Vache dans une prairie.**

Aquarelle signée.

Haut., 10 cent.; larg., 13 cent.

BARYE

11 — **Chamois couché, dans un paysage.**

Aquarelle signée.

Haut., 14 cent.; larg., 23 cent.

BARYE

12 — **Vautour sur un rocher.**

Aquarelle signée.

Haut., 7 cent.; larg., 10 cent.

BODMER

13 — **Intérieur de la cabane d'un chef mandou.**

Estompe et crayon noir rehaussés de blanc.

Haut., 28 cent.; larg., 40 cent.

BONNINGTON

(RICHARD PARKES)

14 — **Arbres et maisons au bord d'une rivière.**

Aquarelle.

Haut., 15 cent.; larg., 23 cent.

BONNINGTON

(RICHARD PARKES)

15 — **Environs de Saint-Omer.**

Quelques maisons entourées d'arbres; à gauche, un sentier où chemine un villageois.

Sépia.
Au dos de ce dessin, se trouve une attestation donnée par un ami de l'auteur.

Haut., 11 cent.; larg., 20 cent.

BONVIN

(FRANÇOIS)

16 — La Cuisinière.

Elle est debout devant un buffet et tient un plumeau sous son bras.
Fusain sur papier gris, rehaussé de blanc.
Signé et daté 1850.

Haut., 30 cent.; larg., 19 cent.

BONVIN

(FRANÇOIS)

17 — Jeune paysanne assise dans un intérieur, occupée à tricoter.

Fusain rehaussé de blanc sur papier gris.

Haut., 40 cent.; larg., 28 cent.

BRUNET-HOUARD

18 — Un Orage en Bretagne.

Haut., 25 cent.; larg., 44 cent.

BRUNET-HOUARD

19 — Têtes de Valaques.

Haut., 22 cent.; larg., 17 cent.

BRUNET-HOUARD

20 — Lévrier russe.

Haut., 19 cent.; larg., 32 cent.

BRUNET-HOUARD

21 — Tête de boule-dogue.

Haut., 14 cent.; larg., 10 cent.

BRUNET-HOUARD

22 — Femme endormie.

Haut., 30 cent.; larg., 40 cent.

BRUNET-HOUARD

23 — Etude de femme.

Haut., 40 cent.; larg., 22 cent.

BRUNET-HOUARD

24 — Cuirassier.

Haut., 43 cent.; larg., 25 cent.

CHARDIN

(SIMÉON)

25 — Jeune fille en buste.

Crayon noir.
Signé.

Haut., 28 cent.; larg., 22 cent.

CHARLET

(NICOLAS)

26 — Trois croquis à la plume, montés sous le même verre.

Hauteur de chacun, 13 cent.
Largeur, 8 cent.

COROT

(CAMILLE)

27 — Sentier conduisant au bord d'une rivière ; il passe au bas d'un monticule surmonté de quelques arbres.

A l'estompe avec quelques traits à la plume.

Haut., 32 cent.; larg., 24 cent

DAVID

(LOUIS)

28 — Attala et Chactas.

Signé : DAVID BRUN, 1820.

Haut., 14 cent.; larg., 18 cent.

DECAMPS

29 — Paysans coupant le blé.

Mine de plomb. Signé D. C.

Haut., 18 cent.; larg., 29 cent.

DECAMPS

30 — Femme italienne portant une corbeille sur la tête.

Estompe et crayon noir. Signé : D. C.

Haut., 30 cent.; larg., 18 cent.

DECAMPS

31 — Chien d'arrêt.

Estompe et crayon noir. Signé : D. C.

Haut., 14 cent.; larg., 18 cent.

DECAMPS

32 — Un Chercheur d'aventures.

Estompe et crayon noir. Signé : D. C.

Haut., 20 cent.; larg., 15 cent.

DECAMPS

33 — Maisons turques.

Crayon noir rehaussé de blanc sur papier bleu. Signé : D. C.

Haut., 14 cent.; larg., 31 cent.

DELACROIX

(EUGÈNE)

34 — Jeune femme en prière.

Aquarelle signée.

Haut., 7 cent.; larg., 14 cent.

DELAROCHE

(PAUL)

35 — Vieillard accoudé, la tête de profil.

Estompe et crayon noir.
Dessin provenant de la vente après décès de l'artiste.

Haut., 29 cent.; larg., 37 cent.

DIAZ

(NARCISSE)

36 — Troupeau de vaches dans un bois. — Soleil couchant.

Peinture à l'essence.

Haut., 12 cent.; larg., 18 cent.

DUPRÉ

(JULES)

37 — Village en Normandie.

Au fusain rehaussé de blanc.
Signé et daté 1832.

DUPRÉ

(JULES)

38 — Mare à l'entrée d'un bois.

Crayon noir avec quelques traits à la plume.

Haut., 14 cent.; larg., 16 cent.

DUPRÉ

(VICTOR)

39 — Paysage et animaux traversant une rivière.

Crayon noir.

Haut., 17 cent.; larg., 30 cent.

DUPRÉ

(VICTOR)

40 — Arbres au bord d'un cours d'eau.

Crayon noir rehaussé de blanc sur papier gris. Signé.

Haut., 18 cent.; larg., 28 cent.

FLERS

(CAMILLE)

41 — Cour de ferme.

Crayon noir rehaussé de blanc.

Haut., 20 cent.; larg. 41 cent.

FRÈRE

(ÉDOUARD)

41 *bis*. — Femme allumant du feu dans un poêle; à sa droite, une jeune fille fait de la couture.

Estompe et crayon noir.

Haut., 34 cent.; larg., 27 cent.

GAVARNI

42 — English vagabond.

Aquarelle gouachée sur papier de couleur.
Signé Gavarni, London, 1849.

Haut., 34 cent.; larg., 23 cent.

GRANDVILLE

43 — Les petites misères de la vie humaine.

Deux dessins à la plume.

Haut., 10 cent.; larg., 10 cent.
Haut., 14 cent.; larg., 10 cent.

GREUZE

(J.-B.)

44 — Jeune fille devant une statue de l'Amour.

Encre de Chine.

Haut., 35 cent.; larg., 30 cent.

HUBERT

45 — Paysans italiens regardant des saltimbanques qui font la parade.

Plume et encre de Chine.
Signé.

Haut., 35 cent.; larg., 48 cent.

ISABEY

(EUGÈNE)

46 — Paysage montueux.

Au centre, une charrette, dans un chemin creux, gravit péniblement un coteau fuyant vers la gauche.

Aquarelle.

Haut., 30 cent.; larg., 48 cent.

JACQUE

(CHARLES)

47 — Femme donnant du grain à des poules.

Crayons noir et blanc.

Signé en toutes lettres.

Haut., 45 cent.; larg. 36 cent.

JACQUE

(CHARLES)

48 — Vaches à l'abreuvoir.

Crayons noir et blanc sur papier gris.

Signé en toutes lettres.

Haut., 45 cent.; larg., 61 cent.

JACQUE

(CHARLES)

49 — Chevaux à l'écurie.

Crayons noir et blanc.

Haut., 45 cent.; larg., 61 cent.

JACQUE

(CHARLES)

50 — Femme et son enfant donnant du grain à des poules.

Crayon noir rehaussé de blanc.
Signé en toutes lettres.

Haut., 28 cent. larg., 15 cent.

JACQUE

(CHARLES)

51 — Troupeau de moutons buvant dans une mare.

Crayon noir.
Signé.

Haut., 14 cent.; larg., 22 cent.

JACQUE
(CHARLES)

52 — Paysans donnant l'avoine à ses chevaux.

Gouache d'une extrême finesse. Signée.

Haut., 9 cent.; larg., 14 cent.

JACQUE
(CHARLES)

53 — Troupeau de porcs près la lisière d'un bois.

Aquarelle signée.

Haut., 12 cent.; larg., 24 cent.

JACQUE
(CHARLES)

54 — Paysage. — Soleil couchant.

A gauche, des meules de paille près desquelles passent deux villageois; au second plan, quelques maisons se détachant sur un ciel brillant. — Crayon noir. — Signé.

Haut., 22 cent.; larg., 32 cent.

JACQUE

(CHARLES)

55 — Porcs sur un fumier au bord d'une mare.

Fusin sur papier bleu. — Signé.

Haut., 27 cent.; larg., 35 cent.

JACQUE

(CHARLES)

56 — L'heure du repas.

Dans un intérieur, un homme coupe du pain; sa femme, près de lui, allaite son enfant. — Mine de plomb. — Signé.

Haut., 11 cent.; larg., 23 cent.

JACQUE

(CHARLES)

57 — Paysan chassant un troupeau de porcs.

Crayon noir lavé légèrement à la sépia. — Signé.

Haut., 29 cent.; larg., 45 cent.

JACQUE

(CHARLES)

58 — Jeune fille donnant du grain à des poules.

Mine de plomb et aquarelle. — Signé.

Haut., 14 cent.; larg., 10 cent.

JACQUE

(CHARLES)

59 — Femme lavant du linge.

Mine de plomb. — Signé des initiales.

Haut., 18 cent.; larg., 12 cent.

JACQUE

(CHARLES)

60 — Un homme gardant des porcs près d'une ferme.

Fusain rehaussé de blanc.

Haut., 25 cent.; larg., 42 cent.

JACQUE

(CHARLES)

61 — Étude d'arbres dans une forêt.

Fusain.

Haut., 20 cent.; larg., 28 cent.

JADIN

(GODEFROY)

62 — Paysage avec villageois se livrant aux travaux des champs.

Aquarelle signée.

Haut., 16 cent.; larg., 26 cent.

JEANRON

(PHILIPPE-AUGUSTE)

63 — Atelier de Sculpteur.

Fusain rehaussé de blanc. — Signé en toutes lettres.

Haut., 35 cent.; larg., 38 cent

LUMINAIS

64 — Jeune homme jouant du galoubet.

Crayon noir sur papier gris rehaussé de blanc.

Haut., 35 cent.; larg., 26 cent.

MANSSON

65 — Intérieur d'Atelier.

Aquarelle. — Signée.

Haut., 23 cent.; larg., 28 cent.

MILLET

(JEAN-FRANÇOIS)

66 — Le Puits.

Dans une cour, une femme en bonnet blanc remplit d'eau deux cruches de cuivre.

Crayon noir rehaussé de blanc.

Haut., 35 cent.; larg., 28 cent.

MILLET

(JEAN-FRANÇOIS)

67 — Le Laboureur.

Un paysan debout se repose en s'appuyant sur sa houe, au loin des herbes brûlent.

Crayon noir rehaussé de blanc.

Haut., 28 cent.; larg., 35 cent.

MILLET

(JEAN-FRANÇOIS)

68 — Le Jardinier.

Un homme, coiffé d'un chapeau de paille, arrose des légumes; au fond du jardin, une femme bat du chanvre.

Crayon noir rehaussé de blanc.

Haut., 40 cent.; larg., 30 cent.

MILLET

(JEAN-FRANÇOIS)

69 — Le Cantonnier.

Au pied d'un arbre bordant une route, un cantonnier assis se repose en fumant.

Crayon noir rehaussé de blanc.

Haut., 41 cent.; larg., 30 cent.

MILLET

(JEAN-FRANÇOIS)

70 — La Bohémienne.

Une femme, portant un enfant attaché sur son dos, se repose au bord d'un chemin.

Pastel.

Haut., 43 cent.; larg., 35 cent.

MILLET

(JEAN-FRANÇOIS)

71 — Marine.

La mer est agitée; deux bateaux de pêcheurs naviguent péniblement; on aperçoit, dans le fond, un bateau à vapeur dont la fumée trace une ligne noire sur le ciel.

Crayon noir.

Haut., 34 cent.; larg., 40 cent.

MILLET

(JEAN-FRANÇOIS)

72 — Un bout du village de Gréville.

Près d'une maison, une femme tient un enfant contre un arbre, et lui montre la pleine mer. Ce dessin, fait d'après nature, a dû servir à l'artiste pour l'exécution du tableau, même composition, qui faisait partie de la collection Faure.

Crayon noir.

Haut., 30 cent., larg. 36 cent.

MILLET

(JEAN-FRANÇOIS)

73 — Le Soir.

Près d'un gaulis, un berger debout et en silhouette sur l'horizon, surveille son troupeau.

Crayon noir sur papier blanc.

Haut., 41 cent.; larg., 33 cent.

MILLET

(JEAN-FRANÇOIS)

74 — La Cardeuse.

Une femme, assise à gauche, carde de la laine.

Crayon noir rehaussé de blanc.

Haut., 35 cent.; larg., 24 cent.

MILLET

(JEAN-FRANÇOIS)

75 — Les Glaneuses.

Trois femmes ramassent des épis dans un champ; au loin, des moissonneurs élèvent une meule.

Crayon noir rehaussé de blanc.

Haut., 35 cent.; larg., 28 cent.

MILLET

(JEAN-FRANÇOIS)

76 — La Bergère.

Une jeune fille, assise à terre, tricotte en gardant quelques moutons et un âne.

Crayon noir rehaussé de pastel.

Haut., 26 cent.; larg., 10 cent.

MILLET

(JEAN-FRANÇOIS)

77 — Scène de famille.

Une jeune femme fait marcher un petit enfant, son père, accroupi pour planter des légumes, lui tend les bras.

Crayon noir rehaussé de pastel.

Haut. 33 cent.; larg., 45 cent.

MILLET

(JEAN-FRANÇOIS)

78 — Tête de femme.

Etude au crayon noir rehaussé de blanc.

Haut., 50 cent.; larg., 38 cent.

MILLET

(JEAN-FRANÇOIS)

79 — Intérieur.

Près d'une vaste cheminée de campagne, une femme fait manger un jeune enfant.

Crayon noir rehaussé de blanc.

Haut., 36 cent.; larg., 30 cent.

MILLET

(JEAN-FRANÇOIS)

80 — La Bergère à la roche.

Une bergère tricotte à l'ombre d'une roche; son chien veille sur le troupeau.

Pastel.

Haut., 39 cent.; larg., 28 cent.

MILLET

(JEAN-FRANÇOIS)

81 — Les Fagots de bois mort.

Deux femmes, sortant le soir d'une forêt, portent, chacune sur le dos, un fagot de bois mort.

Crayon noir rehaussé de blanc.

Haut., 35 cent.; larg., 28 cent.

MILLET

(JEAN-FRANÇOIS)

82 — La Neige.

Entrée de la forêt de Fontainebleau par la porte aux Vaches, à Barbizon. Effet de neige.

Crayon noir sur papier blanc.

Haut., 35 cent.; larg., 28 cent.

MILLET

(JEAN-FRANÇOIS)

83 — Le Berger.

A gauche, appuyé contre une bordure de bois, un berger est assis à terre près de son troupeau.

Crayon noir.

Haut., 28 cent.; larg., 37 cent.

MILLET

(JEAN-FRANÇOIS)

84 — Les Vignerons.

Un homme et une femme travaillent dans une vigne, l'un met des liens, l'autre enfonce des échalas.

Crayon noir rehaussé de blanc.

Haut., 36 cent.; larg., 28 cent.

MILLET

(JEAN-FRANÇOIS)

85 — Les Pommes de terre.

Un homme creuse la terre avec une houe, une femme y jette des pommes de terre; plus loin, un âne sous un arbre.

Crayon noir rehaussé de blanc.

Haut., 27 cent.; larg., 35 cent.

MILLET

(JEAN-FRANÇOIS)

86 — La Gardeuse d'oies.

Une jeune fille, appuyée sur une gaule, garde un troupeau d'oies près d'une mare.

Crayon noir rehaussé de blanc.

Haut., 33 cent.; larg., 40 cent.

MILLET

(JEAN-FRANÇOIS)

87 — Les Lavandières.

Le soir, au bord d'une rivière, trois femmes chargent du linge sur leurs épaules; de l'autre côté de l'eau, des chevaux sont amenés à l'abreuvoir.

Crayon noir rehaussé de blanc.

Haut., 29 cent.; larg., 42 cent.

RAFFET

88 — Le Général Bonaparte haranguant ses troupes.

Dessin à la sépia d'une extrême finesse.

Signé.

Haut., 9 cent.; larg., 11 cent.

RAFFET

89 — Le Prisonnier.

Sépia signée.

Haut., 6 cent.; larg., 8 cent.

ROQUEPLAN

(CAMILLE)

90 — Jeune homme monté sur une échelle pour cueillir des cerises.

Ce dessin et les suivants doivent être les croquis faits d'après nature qui ont servi à l'artiste pour l'exécution de son tableau : la cœuillette des cerises. Sujet tiré des Confessions de J. J. Rousseau.

Estompe et crayon noir.

Signé.

Haut., 32 cent.; larg., 25 cent.

ROQUEPLAN

(CAMILLE)

91 — Une jeune femme, assise sur un banc de jardin, reçoit des cerises dans un panier qui est posé sur ses genoux.

Crayon noir rehaussé de blanc, passé à l'estompe sur papier bleu.
Signé.

Haut., 29 cent.; larg., 22 cent.

ROQUEPLAN

(CAMILLE)

92. — Jeune fille debout; elle tient son tablier pour revevoir des cerises.

Mine de plomb. Signée.

Haut., 32 cent.; larg., 20 cent.

ROQUEPLAN

(CAMILLE)

93 — Villageois debout, tenant un verre et portant sur ses épaules un outil de jardinier.

Fusain et sanguine.
Signé et daté : 1840.

Haut., 24 cent.; larg., 14 cent.

ROQUEPLAN

(CAMILLE)

94 — Chevalier du moyen âge assis sur le bord d'un chemin.

Crayon noir et sanguine passés à l'estompe.
Signé.

Haut., 35 cent.; larg., 28 cent.

ROUSSEAU

(THÉODORE)

95 — Mare de la forêt de Fontainebleau.

Crayons noir et blanc.

Signé en toutes lettres.

Haut., 30 cent.; larg., 53 cent.

ROUSSEAU

(THÉODORE)

96 — Paysage coupé par un cours d'eau.

Crayons noir et blanc sur papier teinté.
Signé en toutes lettres.

Haut., 19 cent.; larg., 32 cent.

ROUSSEAU

(THÉODORE)

97 — La Forêt de Fontainebleau.

Étude au fusain, provenant de la vente après décès de l'artiste.

Haut., 48 cent.; larg., 60 cent.

SALMON

(THÉODORE)

98 — Berger buvant au bord d'une rivière.

Lavis.

Haut., 24 cent.; larg., 34 cent.

TROYON

(CONSTANTIN)

99 — Cour de ferme.

Fusain rehaussé de blanc.

Haut., 29 cent.; larg., 44 cent.

TROYON

(CONSTANTIN)

100 — **Le Chariot.**

Sur un chemin bordé de grands arbres, un paysan conduit un chariot sur lequel est chargé un arbre abattu.

Fusain rehaussé de blanc sur papier de couleur.

Haut., 30 cent.; larg., 39 cent.

VILLEVIEILLE

101 — **La Pointe de Croissy. Le soir.**

Fusain rehaussé de blanc à la gouache.

Haut., 12 cent.; larg., 59 cent.

VILLEVIEILLE

102 — **Maisons de paysans au bord d'un chemin. Soleil couchant.**

Fusain et estompe.

Signé.

Haut., 22 cent.; larg., 30 cent.

VILLEVIEILLE

103 — Les Buttes Montmartre.

Fusain.
Signé.

Haut., 46 cent.; larg., 66 cent.

ZIEM

104 — Marine par un temps calme.

Aquarelle signée.

Haut., 13 cent.; larg., 18 cent.

www.ingramcontent.com/pod-product-compliance
Ingram Content Group UK Ltd.
Pitfield, Milton Keynes, MK11 3LW, UK
UKHW021042180726
13838UKWH00004B/1950